© 2004, l'école des loisirs, Paris
Loi numéro 49 956 du 16 juillet 1949 sur les publications
destinées à la jeunesse : mars 2004
Dépôt légal : décembre 2005
Imprimé en France par Aubin Imprimeur à Poitiers

Alan Mets

Jean le téméraire

l'école des loisirs

11, rue de Sèvres, Paris 6ᵉ

On l'appelait Jean le téméraire,
ce petit sourizio
qui n'avait peur de rien.

La nuit, Jean le téméraire
allait faire pipi tout seul
et sans allumer la lumière !

Sa mère, elle, avait peur.
Elle avait peur quand il s'amusait à monter
tout en haut des baobabs.

Elle avait peur quand il grimpait le long
du cou des girafes, pour leur gratter la tête.

Et quand il chahutait avec les lions, elle criait :
« Un jour, tu me feras mourir de peur ! »

Un matin, un éléphant furieux surgit
hors de la jungle.
Un frelon lui avait piqué les fesses.
L'éléphant fonçait sur le village de Jean.
Toutes les souris s'enfuirent
en hurlant de frayeur.
Jean le téméraire, lui, bien sûr,
n'avait pas peur.

Jean grimpa en haut
d'un baobab,
se jeta sur le dos de l'éléphant,
et se laissa glisser sur son front.

Et là, en le regardant droit dans les yeux,
il lui fit une horrible grimace.

L'éléphant barrit de terreur,
fit demi-tour
et s'enfuit dans la jungle.

Le village était sauvé.
Tout le monde hurlait de joie
et fêtait Jean le téméraire.

Tout le monde, sauf la maman de Jean
qui était étendue au milieu du village,
immobile et silencieuse.
Jean eut la peur de sa vie.

Mais sa maman n'était pas morte,
elle s'était juste évanouie
tellement elle avait eu peur
pour son petit sourizio.

Cette nuit-là,
Jean ne réussit pas à dormir.
Il avait peur du noir.
« Maman ! » appela-t-il.

Sa maman le prit dans ses bras.
Alors, Jean le téméraire fut très heureux
de connaître la peur.